Judite Canha Fernandes

nasceu no Funchal em 1971 e foi viver para Ponta Delgada, onde cresceu, em 1980. É doutorada em Ciência da Informação, licenciada em Ciências do Meio Aquático e pós-graduada em Biblioteca e Arquivo. Foi representante da Europa no Comité Internacional da Marcha Mundial das Mulheres entre 2010 e 2016. É escritora e dramaturga. Publicou, em Portugal, no Brasil, e em Itália, poesia, ficção (conto) e teatro. O livro de poesia *o mais difícil do capitalismo é encontrar o sítio onde pôr as bombas* foi semifinalista no *Prémio Oceanos* em 2018. O seu romance de estreia *Um passo para sul* foi *Prémio Agustina Bessa-Luís* em 2018

PODEMOS AMAR
OU PODEMOS

judite canha fernandes

editora Urutau
primeira edição
2019

O —

editora Urutau

rúa juan bautista de andrade, 67 – 5ºA
36005 pontevedra

rua adolpho arruda, 41
jardim das laranjeiras 12910 455
bragança paulista-sp
brasil

[+55] 11 948 592 426 [brasil]
[+34] 644 951 354 [galiza]

www.editoraurutau.com.br
contato@editoraurutau.com.br

[EDITORES]
tiago fabris rendelli & wladimir vaz
[REVISÃO]
beatriz regina guimarães barboza
[IMPRESSÃO]
masquelibros
[CAPA]
wladimir vaz
[ISBN]
978-85-7105-149-2

sumário

Ao Augusto, que reviu comigo todos os versos deste livro.

À Serena, que é sempre quem primeiro acolhe os meus textos.

Do Augusto roubo também uma frase sobre este livro e a sua relação com os dois anteriores:
“as pessoas são, elas mesmas, os lugares e as bombas”

The weight of the world
is love
Under the burden
of solitude,
under the burden
of dissatisfaction
the weight,
the weight we carry
is love
("Song", Allen Ginsberg)

não
estou
segura de ser poeta
mas estou ainda mais
insegura
de deus

(esqueleto das perguntas)

como se movem passos sem sentido no universo?
— não sentido como esquerda ou direita, mas aquele
onde o útero um dia nos permitia ser embrião de qualquer coisa
e alguém maternal nos alimentava de esperança —

como nos passa pela cabeça que pássaros em plena primavera
possam ser peixes mergulhados nas águas mais frias?
— a natureza térmica dessa passagem não vos confunde? —

quantas culpas carregamos?
— a culpa não se conjuga
é apenas mesquinha grande produção
para amarrar-nos aos tombos —

quando falamos de consciência
— de fazermos o que gostaríamos que fizessem por nós —,
quantas dores podem entrar nessa equação?

nascemos para a tempestade a partir do desejo das águas cálidas?
— quando quero que o mundo rebente
começo sempre pelas coisas mais belas —

quando compreenderemos que sem ser entre iguais
— lugar onde sempre nos perdemos na violência das traduções —
jamais amaremos com o fundo ilimitado de nós?
para amassar o coração
basta um guardanapo cor de rosa e um copo azul de água
— que sabeis vós da constelação de autorizações que uma
rapariga precisa ter para ser?
imaginem uma assim, de cabelos sem ordem nem lei —

viram como quando me fazem mais pequena
empurro para ficar do meu tamanho?
dizem "as raparigas insistem, os rapazes resistem"
as raparigas existem, os rapazes existem,
seria isso que queriam dizer?

(há o silêncio da mentira sentimental
esse é sem género sem orientação sem classe sem raça
como alguns poemas
se não a encontramos, a verdade, ela voltará,
em forma de bofetada
repetida, repetidamente em forma de bofetada
— racionalizamos, enchemo-nos de boas intenções,
perguntamos na psicanálise
"onde está, o meu sentimento?" —
mas o eco da mentira sentimental é inextinguível
ela volta, volta, voltará, a bofetada, até chegarmos à verdade
e esta nunca será fácil)

ouvi "verdade" e fui logo à procura
encontrei-me em contínuas perfurações

— o poço lá no fundo, eu amiúde a apontar a broca
para o ar —
posso escolher quando amar? posso escolher como amar?

comover-vos-ia se vos contasse que o pós-moderno
é o futuro pós-anterior?
desceriam pela minha língua descontrolada
para ouvir-me dizer "amo-vos ontem por causa de amanhã"?
:
parto daqui
deste lugar nenhum que é meu corpo
dizendo   o mundo é lugar mal feito
tudo o que de bom se traceja evapora
chuva em terra seca demora um segundo
na memória imprimem-se relâmpagos   terra queimada
                                                            o som dos corpos caídos
de um modo que nunca se imprime um poema

ódio   ressentimento   raiva   interesse   vingança
dão mais alento que o amor?
:
vislumbro por vezes esta luz   vacilando numa fresta
lutando perpétua pela aparição
do pé que caberá no pé
da mão que encaixará na mão
do peito que viverá a envergadura de suas asas

— sempre achei importante observar o mundo
a partir do chão —

a eterna busca   caminha   cheia de dúvidas e comodidades
o ladrilho parte-se
adormecemos, choramos longas horas
prometemos nos vingar de deuses e pessoas
serenamos, voltamos a adormecer
a vida prossegue

o que derrama afinal dos nossos vasos?

se metesse os braços pela humanidade dentro que encontraria?

(espelho)

em que dia é que uma pedra chega ao mundo?
se torna veloz, fugitiva, em direção ao ápice?
e também fica? presa? no espelho?

procuras agarrar teus olhos
— é só este o teu olhar?
âmbar vago numa superfície polida? —
queres segurar teu rosto sem ensaio para o mundo
— não quereis? não queremos?
ou somos apenas gritos na noite, rodando na superfície acre de
uma cebola implacável? —

está viva, esta que te acompanha no olhar dos outros?
          — ela palpita na dúvida,
          a hesitação já te queima
          o resto da vida, ao lado de cada gesto
          capim seco ou um incêndio —

um espelho é só um nenúfar perdido no espaço
refletindo há mil anos a superfície dos lagos
sua haste busca nas profundezas
a escuridão do que mais terno possuímos

— diz-me, espelho,
em que dia chega uma pedra?
para onde vão as lascas?
meu corpo, meu olhar, minhas mentiras?
ainda fujo do silêncio dos meus olhos?
ainda fujo do silêncio dos teus olhos?
ainda procuro escapar de toda a minha ternura? —

neste reflexo onde tanto te demoras
habitantes intergalácticas, a dispersão das partículas,
o possível — uma árvore sonhando na janela —,
vidas passadas, terrores noturnos, o tempo,
e o impossível, suas raízes expansíveis e amplas asas nuas
até a fatigada expansão dos sonhos
que só se esgota com amor

— será a máscara mais bela do que eu? —

o espelho recolhe este pequeno mundo à sua guarda
— o ser e o desejo de ser —
fixa esse abalo longínquo
— esse, quando tentas agarrar os sonhos a meio da noite —
e todos os reflexos estremecem para a aceitação de tudo, da chuva,
da metade de nada, da perda,
de ti exposta, livre do teatro do medo,
de nós voando em direção ao ápice,
fugazes, no âmago da carne e da pedra

(a casa)

sonho todos os dias com uma casa
que é minha mas não é
num dia ela evapora
no outro uma luz insustentável

sonho todos os dias com uma casa
que tem fendas no telhado
um dia tem lá minha mãe
no outro minha avó
no outro minha filha

sonho todos os dias com uma casa
onde estás sempre a mudar de compartimento
um dia acho-te mas não te vejo
noutro tens um quarto com vista para o jardim

sonho todos os dias com uma casa
como quem sonha
a órbita de uma laranjeira
em busca das mãos de um pássaro

sonho todos os dias com uma casa
onde meus ancestrais nascerão

para me ajudar no enterro
de minhas cinzas e minha fruta

(podemos amar ou podemos matar)

I

num vasto hospital
depositaram os pássaros em estreitos corredores
sob luzes intermitentes azuis
a cura faz-se contra as paredes
os bicos serão esmagados após a vigésima repetição

alguém fotografou uma andorinha com os olhos
desfeitos e uma placa onde se podia ler
"para onde, o sul?"
          — dada a escassez da película
          poderia ser "para onde, o sol?" —
logo foi seguida no instagram por dois artistas de nova iorque
e um centro psiquiátrico em paris

no fundo do corredor uma grande águia repetia
cada vez mais baixo, mais baixo, baixinho
"não consigo viver"
"pois eras uma assassina, morrerás redimida"
disse um senhor de óculos
entreabrindo seus longos dentes de sábio num sorriso beatífico

logo alguém — de bata branca — completou
“podemos amar ou podemos matar”
e ninguém soube escolher
posto assim
são duas opções igualmente difíceis

— espeto a lança
ou pouso-a
e observo o peito que se estende à minha frente
que é meu próprio peito vestido noutro corpo? —

uma nuvem de abutres, densa e prolífica,
rejubilou da indecisão
anoiteceu três séculos
e mais dois amantes morreram segundos antes do orgasmo

II

vem tudo isto porque me aconteceu amar com a lâmina
ainda quente
— como iluminar as paredes escuras dos hospitais? —

um pássaro entrou em minha casa
com olhos de mágoa, algumas mortes nos braços,
pequenas mentiras, dores, vaidades,
um corpo vasto, belo, intuído pelo cosmos,
e quis estreitá-lo junto ao meu peito

apesar de tudo indicar o amor já ter morrido
ser povoado de muitos medos, lugar dificultoso e cheio
de superstições
e a mentira nunca me comover
— é mais estreita que os corredores dos hospitais
e enorme perda de tempo —
quero estreitá-lo junto ao meu peito
na esperança que tal abraço suspenda as asas feridas
em cada vez mais doces voos

— sonho até interrompermos a longa fila junto à farmácia —

venho escrevendo por isso este livro no hospital dos pássaros
é uma espécie de guia interior, partilha de aflições
e pequenos júbilo   que talvez possam
atenuar nossa febre
e nos ajudar a fazer amor sem medo da morte

(desde o princípio)

tenho tanto medo da próxima palavra
não, não é hipopotomonstroesquipedaliofobia

(gota d'água)

a longa noite se estende
ela e sua tragédia retrógrada
como, com nossos dedos pequenos e partidos,
quebrar sua parca iluminação e incessantes repetições?

o coração é partido uma vez
levará toda a vida recuperá-lo
o longo cordel de amantes
rasto de fogo e cicatrizes
vela a pequena fresta da entrega

pode uma gota d'água desfazer uma papoila?

rogo, meu amor, sabermos não nos perfurar de gotas d'água
nosso sexo, nossa saliva estropiada de dor humana
ainda poderia, como poderia?
atravessar a branca noite dos vaga-lumes

— bioluminescência é a produção de luz
pelos insetos
assim se pode amar aos quatro mil metros
os peixes são felizes porque podem esquecer —

atiremos ao vento duas folhas

(sem título)

pensei ser um pássaro
era uma folha
que o vento abanava levemente

pensei ser uma folha
era um resto de sisal verde
abandonado no chão junto ao interruptor

tão difícil encontrar
um fio de luz
a que nos possamos segurar com firmeza

mais de uma vez desejei
poder pousar no vento   adormecer a seguir
e ali me esconder por mil anos
até ser engolida por meu útero

quem não quer chegar
ao fim da batalha com seu próprio corpo?

(sem título)

a luz tímida do amanhecer
entreabriu a pequena bolha
de dois amantes suspensos
na vibração de uma concha

seu cálice transportava
sal   orvalho
chama   e   apagamento

(sem título)

dois dentes de leão
fundidos em seus pequenos fios brancos
passaram a voar
e sumiram
mais altos do que as fábricas

(carta ao meu corpo)

meu corpo:

procuro-te porque sei ter-te perdido em parte
perdido   pernas   mamas   umbigo   sexo
frágeis
roubadas há tanto tempo

quero desvelar-te   sentir a pele dos teus espíritos
e busco este reencontro com iniciação de concha
pois não tens defeito e mereces o amor
a entrega
a luminosidade de uma pétala

chegou tua hora

todos os dias o rio nasce e eu afago-o
todos os dias ponho meus medos na janela e aguardo que se afastem
às vezes enxoto-os   aos meus medos de mosca

cansei-me de meu rugido de liberta
das artes de minha distância afável
e de minha gentileza no amor
pergunto-me como pude existir sem tua total existência

vivi   vivo   tanta revolta
camuflada em ti
— as minhas unhas   porque corto tanto as minhas unhas? —

talvez um dia possa perdoar aos homens que furam meninas
aos que fazem dos corpos lugares abandonados
e do meu perdão nasça a chama que os consumirá
— é esta dor mais funda que a desigualdade? —

meu corpo querido
agarro-me a este fio de liberdade
prender-me-ei a ele se necessário
como as correntes às árvores
que não querem ser cortadas

        — não te quero cortado em meio
        quero amar-te —

aproveito este tempo para regar as plantas
deixo-as crescer sua totalidade
cuido da nossa casa como quem cuida de ti
dizia tão bem a plath "ah! quanta liberdade!"

já percebi
tua pele é macia
tuas mãos
a pousar os dedos e escutar a vibração do teu lado esquerdo
o sabor de orvalho doce das tuas coxas
— quem sabe um dia alguém possa descansar de toda a sua fatiga
        só por pousar o rosto no meu ventre? —

quero minha alma de volta a ti
e é um passo lento   lento

mais uma cidade arranhada   meu amado corpo
uma cidade que se ergue
seus estilhaços   grandes avenidas   cantos e bares
pequenas comunhões
em teu toque de pedra de diversão
algum horizonte poderá se levantar da poluição espessa
do desarme e da ira dos rostos presos a ti?
teus joelhos pedindo pão e ar

talvez um dia a cidade conte seus mortos
e enumere seus esgotos com urgência de amante

lembro-me da primeira vez que te olhei
    — era ontem —
meus olhos   desacostumados de tantos detritos e gente
                                                                                    condensada
percebiam o cheiro do medo diluído na potência do excesso
    — cantava alto quando gozavas e isso fazia-me sorrir —

sei que és pequeno
um nada num mundo perpetuamente assassinado
ainda assim   és meu único bem
tu és meu único bem
e nem esse possuo
que importa isso?   que importas tu?
que importo eu?
que importa seja o que for?

morreremos   e pouco faremos no intervalo
— ah se luzíssemos um pouco entre as silvas e as distrações —

meu corpo (e isto é entre nós)
em resposta ao amor
sua dimensão de carnificina e de quinta essência
terás
ainda antes do respeito por outros corpos
— aqui digo corpos humanos   bichos   açucenas —
o respeito por ti
a intimidade sanguínea
com cada tua célula violada
e com cada outra que possuis   sem exibir barreira terrena
derrubarás minha excessiva gentileza pondo-me de pé
finalmente
de pé
reunirás a sabedoria visceral e exausta
de todas as milenares regras do jogo amoroso
do modo como se alojaram em cada género do teu osso
e te roeram
poderás enfim roer de volta
sem piedade

então sim   meu corpo   o amor

(mapa do meu corpo para as tuas mãos)

pressinto haver um vão no lugar dos meus olhos

em 1721
ano em que o coração ganhou a última câmara
um rio partiu o meu pescoço ao meio
— ainda hoje se podem sentir seus pequenos seixos com os dedos —
séculos mais tarde, um oxímetro desvendou
ter no lado esquerdo uma atipia elétrica
condição que continuo sem desvendar o significado

perdi minha origem há quatro anos
chamava-se udara, em sânscrito,
que é uma língua que já está morta para os vivos
— os vivos bichos   as vivas pessoas   as vivas árvores
quem tudo chama agora? —

tenho os ossos de uma tangerina

há no meu ventre
o corpo dúbio de um sagitário
procurando repousar sobre uma balança

tenho cabelos e mãos

que uso para cobrir o rosto
e uma cicatriz no lábio inferior
que por rir alto nunca pude sarar

ao nascer, minha filha — munida de um par de sapatos —
bordou-me com suas mãos pequenas sinais no peito
muito semelhantes ao negativo impresso de cassiopeia

herdei de meu avô um sinal na coxa esquerda
com a forma de um ovo entreaberto

meus ombros procuram várias direções
suas curvas de leite têm sua própria bússola
neles podes pousar os olhos em caso de dúvida

pode ler-se nos meus mamilos
a carta astral da deusa mãe
— tal como eu —
foi feita para o doce prazer, rituais da vida e da morte
:
chegada aqui eis que percebo
nem um sentido em nenhum destes versos
meu corpo é tão só água e vapor
camaleão que se fraciona conforme se coloca o olhar
e os mapas somente círculos etéreos
desenhados pelo desejo que aguarda

eu queria apenas ser as tuas mãos suspensas

é ainda noite, estás a dormir, eu vejo sonhos

(sem título)

quando minhas mãos puderam   não sabiam como fazer

esperava-nos a água   a ambrosia quente   a volúpia do ritual
mas a banheira arrefecia   a água escapava inexoravelmente
pelo ralo
e o tempo não vinha imediato
como se diz chegarem os vulcões

apenas quando fomos à procura da espuma
do rasto que partia da paisagem vazia
o túnel que poderia me levar até o teu corpo   trazer-te até o meu
desvendou pela primeira vez suas paredes de lava

lembro-me de apetecer-me gritar com a tua boca na minha vulva
de morder-me com os dentes   de engolir o espanto

— fomos comendo   acendendo o lume
rindo estrondosamente   acariciando a montanha
nos perguntando   parecia-me   se merecíamos tudo —

estava de quatro   o meu cu do tamanho das tuas mãos
tinha lambido todos os teus pelos   com a minha língua húmida
tu gozavas como um bicho que se sacudia

— parece-me que respirámos a seguir
ou que tentaste fazer uma piada
ou que viste os meus olhos de fêmea pela primeira vez —

depois fizeste um bife alto
ladeado pela primavera de uma salada rubra
inventei uma mesa no chão
pudemos ser como as árvores
que não conheces até lá fazeres amor
aquelas que não sofrem com o peso do intelecto
e chupam a memória das estrelas

diz-me não é assim a poesia?

(sem título)

há um fruto que já não tenho
já o semeei faz vinte anos
numa sala convulsa
de um pequeno hospital
— meu fruto é hoje uma mulher
e eu não serei mãe mais do que uma semente —

existe, o tempo? existe?
— há uma paráfrase do thomas mann
talvez escrita para colocar aqui
" o tempo é sempre contemporâneo"
ou outra da sontag
"a vida não é acumulável"
que terá escrito aos dezassete anos —
mas o tempo é uma ruga? uma potência? uma limitação?
quantos dias tem a minha idade?
            quantos dias tem a tua?
:
houve um dia em que amanheceste como tinta da china
parecias uma criança
e eu — como uma criança —
gostei de ti pela primeira vez

devíamos ter sido relógios   termo-nos encontrado a horas certas
repletos das mesmas aspirações
talvez assim não latejasse esta dor
nem me passasse pela cabeça
"estará quebrado   o meu vaso?"

porque — hoje — só posso fazer nascer contigo
pequenas árvores
e tentativas de poemas

(sem título)

busco escrever-te um poema tão delicado
que se quebra com as palavras

(subindo a colina com a respiração)

— uma rosa é uma rosa é uma rosa[1] —
pequena haste singular numa nuvem de espinhos.
o vento chega e espalha pétalas e espinhos
até uma — apenas uma — voltar a pousar na corola
e rebentar como um rio

— uma rosa é uma rosa é uma rosa —

tenho as mãos pequenas para o âmago das coisas.
intuo e desejo este poema, mas não sei se tenho saber
como aquela rosa, só sei rebentar como um rio

ajeito a almofada
e adormeço a escutar as páginas dos teus livros
dobras o canto esquerdo com a mão direita
para assinalar as grandes obsessões
e dobras os dois cantos
para capturar o nada

comecei a sonhar o poema
quando viraste a página trezentos e oito
foi o primeiro dia em que te vi sorrir

[1] Referência de Gertrude Stein.

o teu corpo enfiado numa blusa branca
uma sombra azul no teu lado esquerdo
ainda pingando do teu outro país

quando acordei, era um domingo,
li que as amazonas com os argonautas
gozam como o sol ao adormecer o mar
quando tentam dar as mãos
— tinhas deixado essa página aberta
e eu fui espreitar —

é tão frágil a haste de uma rosa

(sem título)

aqui deponho meu coração
transido de frio
desacostumado de tanto amor
e muito livre

aqui deponho minha pele
minha verdade e minha mentira
meus medos desatinados
tremendo de desejo

aqui me deponho
diante de ti
quando já não te esperava
sequer sonhava existires

(conversa no jardim)

perguntei "que desejas?"
respondeste "o que desejo?"
e a pergunta ficou a ressoar   longamente   como uma flauta

sabes que és rio e que impurezas e memórias
são apenas mãos distantes   opressivas
que nunca quebrarão teu ímpeto?
sabes que tua mão de sombra não é tua única mão?

disseste "precisava deste jardim para sentir-me feliz"
quando as árvores caem podem-se ouvir cair os ossos
com as mãos do silêncio no meio de uma floresta
os astros tombavam   o catavento girava como um louco
uma gaivota parecia suspensa
disse "as aves são as crianças da primavera"
disseste "corta-se uma árvore para devolver o céu às outras"

se fosse leve   poderia pousar numa margarida
para esquecer   para esquecer (poderia esquecer)
as árvores velhas velhas
elétricas por cada choque infligido
cheias de caracóis secos na casca gretada
:

em grande plano os olhos de ambos os defeitos de ambos
frente a frente neste jardim sem sombra
ao longe o cansaço daquela árvore sempre incerta

gritaste "tenho medo de ser camaleão sem fundo!"
perguntei "serve-te de quê o medo, gentil camaleão?
saberás que os seres humanos mais
não são do que pequenas metamorfoses?"

neste jardim rompi a máscara (não sei se viste)
fulgiu suave meu pequeno vaso rachado
depus cigarros, lâmpadas, lutas, circunferências
disse "não quero os movimentos presos por nenhuma limitação
nem a restrição das caves da abundância"
disseste "vim para decorar a tua casa"
respondi "um dia vou mostrar-te o mar"

(sem título)

sou um livro de cortiça
a cortiça é retirada em lascas do tronco do sobreiro
o sobreiro é um ser imóvel que se alonga sem pressa

gostava de ser uma árvore e que
quando escurecer emudece as aves
fizesse mover a terra
e adormecer os grilos
num sonho sensível aos pingos da noite

(ode a uma amante)

a trovoada   ao longe   puta   puta   puta
não amendoeira em flor   mulher de coração grande
o vento silva apenas   puta   puta   puta

— disseram-lhe que ama pelo lado esquerdo e depois
pelo lado direito   compreende a mesma errância
perdão, disseram que ama um pelo lado esquerdo
e outra pelo lado direito   mas —

poetas disseram "amante é quem ama"
mas o mundo ignora a poesia
e na janela de um quinto andar   alguém grita
puta   puta   puta

— a propriedade privada acredita que o amor é único
e deixa herança
que aquilo que garante o futuro da criança
são cem metros quadrados de uma casa perfeita
ou desfeita   tanto faz —

ela torce-se na cama como um trapo
afinal   traficou segredos de estado   destruiu impecáveis famílias
derrubou reis   nações   impérios
e são estes os cristais que adornam seu sempre indecente vestido

— essa coisa do amor exclusivo e eterno ser o mais belo
foi inventado por uma cambada de meliantes   inchados
de poder
que nunca amaram —

ela só ouve ecos
encolhes mais um pouco para entrar nos bailes pela porta da frente?
porque não amas no lado certo da cama?
porque não fodes no lado certo da história?

ela só sonha que alguém repete
"flor, como te deve magoar tudo isto
qualquer vento te espalha a céu aberto, meu dente-de-leão
sei que atravessaste o deserto a murmurar sozinha para a cidade
tudo ao contrário do teu coração"

ela contabiliza   dedo a dedo
as divinas vantagens de estar só

— quanto contribuiu mary burns para os direitos do trabalho?
que mãos moldaram aquela escultura   camille ou rodin?
ouçamos solenemente as lições de aspasia
recordemos como trótsky ou victor hugo foram o outro —

uma pequena caixa de música   repete o estribilho   ao som de uma valsa
a outra   o outro   não este   mais uma
seguinte   precedente   restante   alheia
amar é uma peregrinação doentia em direção a um único troféu?

procurem não esquecer
são os amantes quem alivia o mundo da hipocrisia
são as amantes a cápsula onde vos protegeis da inquisição
e ela é uma ameixa de veludo plantada num jardim abandonado
que de sentimento inicial segue surda à opressão monolítica
a pôr esperança pelos prados

(toda a gente amadurece menos eu)

tenho em mim o tique-taque de uma bomba
e o mais calmo dos oceanos
tudo me atravessa
um pirilampo   a erupção do vesúvio
teus olhos cansados de adormecer
a árvore em frente a minha casa
até as mãos dos anjos
negras   desenhadas por séculos
me atravessam ao entardecer

vivi dezassete mil duzentos e oitenta e cinco dias   até hoje
e não controlo nada   o amor
— suas cinzas esquecidas — erguem-se
e eu resplandeço trémula
um poema desconhecido leva-me às lágrimas
fico furiosa com coisas pequenas
meus órgãos falham e eu não ligo
repito os mesmos erros sem nenhuma correção

numa folha   a água encharca as palavras que já existem
as outras   nítidas   não chegam a acontecer
vejo   na janela mais suja da sala   pequenos diamantes

(sem título)

sabes da deriva das aves
de como se guiam calculando
          a relação do sul com o extremo da gravidade?

sabes como pousam as patas finas no descanso da alma
e como gozam espetando o bico na corola da flor?

meu amor
ando com a pele viva como antes do tudo afogar a pureza do desejo
ando com uma perplexidade íntima com o nascer
e tudo isto escrevo porque te amo
e secretamente nos imagino a pele   o pássaro
e a pele do pássaro a quebrar

(sem título)

quando antinoo se afogou no nilo
nasceu uma cidade com o seu nome
um mahori gravado numa papahou
chupava um pénis e uma vulva
bahecharaji mudava o género de mortais
montada num galo multicolor

tocamos nossos lábios
em busca de uma polpa
em muitos séculos

(pão e leite)

precediam-na o gato preto   a gata laranja
e um outro com uma mancha de abóbora no meio do focinho
para lamber os seus dedos de velha
a horas certas   e minuciosas

ela anda devagar   um pé atrás do outro
é uma bruxa magnífica
repetindo as poções

suas mãos de concha
pedindo dando   oferecendo
acertando a sua morte com as vidas dos felinos
tenta que seu coração não vá pelos ares
de tanto amor por entregar

— vai para casa, vai, vai!
e ao dizer isto falava do baldio atrás da escola
cheio de ratos entre a relva alta —

posso vê-la
todos os dias posso vê-la
solitária   velha   nua   bela
ouvindo rádio no apartamento escuro (se o tiver)

enquanto separa do seu pão   várias côdeas
aquece o seu leite   do que não tem para dar   mas oferece
e esfrega o peito turvo   de tanto queimar

ela dá de comer aos bichos
enquanto imagina pequenas casas de madeira
num monte verdejante e vazio   com vista para o mar
onde gatos e gatas
flutuam em nuvens de leite
e o mundo é bom   e justo   e melancólico

(sem título)

essa chuva
que te subiu aos olhos
deitado na cama

(sem título)

vejo a máscara
seus tentáculos anteriores aos céus
fundirem-se em cada poro

as mãos crispadas
lentas, insistentes, agoniadas
a tentar arrancá-la

em cada poro um guardião
— cultura, política, história, economia —
e agora também tu, irmão, irmã, amor,
vens pedir-me máscaras?

usaria sísifo essa peça para resguardo do rosto
feita de todas as pedras que o tempo lhe lançou
enquanto subia e descia a colina?

(sem título)

a tentação de magoar-te
quando me feres
essa rua infinda de um único sentido
que conduz até a morte
eu ofegante em sentido contrário
fugindo da noite

acordou o sino
põe-no a dormir
põe-no a dormir
traz os monstros a uivar ao vento
não deixes que te ensurdeçam
fala com eles de música e gravitação

— ainda tenho latifúndios
como lagos de águas paradas
meus sinos são cataclísmicos —

alguém perante ti
como um búzio
queres ouvir o interior   sem partir
afundas-te nuns olhos negros e queres mais
vislumbrar alguma luz

entre duas cortinas de chuva
mas no quarto ressuscita a costureira de cem dedos
que faz tricô para os astros
como é que os espanta-espíritos capturam os pesadelos?
porque é que têm penas?

só peço que o meu sopro
consiga afastar o grande inseto preto
de asas pequenas
que não para de tentar entrar pela janela

(sem título)

gostava de ser uma bruxa com poderes intergalácticos
de fazer chás que atravessassem oceanos   a porta ao lado
para limpar almas e curar países
gostava que quando erro   ou sou menos bonita
ou quando meu desjeito reduz meu ser erótico
fazer voltar atrás o tempo
gostava de ofertar às pessoas que amo a exata necessidade
                                        da sua nave cósmica
gostava de elevar a poesia ao mais íntimo dos pulmões do amor

gostava que tua guitarra fizesse pulsar as estrelas
que fosses meu muso e meu diabo   alternadamente
e que   como teu pai   todos soubessem de teu génio sensível
        — meu génio também honrarias em atos e palavras
        pois   se não vês meu génio   quem és tu?
        que me interessas se não te dotas de amor por mim?
        se danço sozinha o baile da dádiva e do desejo? —

gostava que o universo explodisse a história
e fizesse pulsar o tempo ao ritmo de uma cerejeira rubra
que pudéssemos comer com as mãos
no prazer sem pressa

e que a ninguém faltasse teto ou água ou ar

gostava que o saber da sombra de uma árvore nos invadisse

(podemos amar ou podemos)

se eu partir
permanecerás
incólume
levando-me dentro

se eu ficar
seremos o líquido em movimento que alimenta o perene jardim

aceitemos a morte e a vida num grão de areia

■ primeira edição
■ setembro de 2019
■ brasil — galiza — portugal